UN MAUVAIS
QUART-D'HEURE,

CONTE FANTASTIQUE

PAR

NORTH PEAT.

PARIS,

LIBRAIRIE DE MARC DUCLOUX,

RUE TRONCHET, 2.

1856

UN
MAUVAIS QUART-D'HEURE,

CONTE FANTASTIQUE,

LU A LA SOCIÉTÉ DES SCIENCES MORALES, DES LETTRES ET DES ARTS DE SEINE-ET-OISE,

Dans la séance solennelle annuelle du Vendredi 2 Mai 1856.

Discite justitiam moniti.

. . . . . Vous le voulez? dit-il... soit, l'heure est bien choisie, — il est tard, nous avons dîné, trop dîné peut-être, et mon aventure est une de ces bizarreries surnaturelles et presque de l'autre monde, qui veulent, pour être convenablement écoutées, la disposition d'esprit où vous êtes.

Max, celui qui s'exprimait ainsi, était un écrivain d'imagination capricieuse et fantasque, jouissant en ce moment d'une heure de faveur et d'engouement du public. Enfant gâté de la fantaisie, il était habitué à laisser flotter au hasard sa pensée, sans demander jamais aux larges plis de son manteau abri et protection contre le vent fâcheux de la contradiction. Le soir dont il s'agit d'ailleurs, on avait à ses frais mangé, bu serait également exact, une excentrique gageure perdue deux jours auparavant, et il était alors bien et dûment le maître et le roi, c'est-à-dire l'amphitryon.

— Une aventure de l'autre monde, Max! s'écrièrent les convives; tant mieux! A des gens qui ont bien dîné, l'ordinaire serait fade !— Parle, nous t'écoutons.

Et Max, s'accoudant sur la table, laissa tomber son front dans ses mains comme pour rassembler ses souvenirs. Relevant bientôt la tête, il commença en ces termes :

« L'homme, mes chers amis, est bien décidément un étrange animal! Il ne lui suffit pas de vivre, il faut qu'il raisonne son existence ; il ne lui suffit pas de jouir, il faut qu'il analyse pour ainsi dire une à une ses jouissances. En revanche, pour payer son temps perdu d'un mot, d'un grand mot, il appelle cela philosopher!

« Un soir, il y a six mois environ, j'avais philosophé tout le jour. Enseveli sous mes paperasses et mes livres, je vivais de cette vie étrange, tout intellectuelle, qui fait dominer le corps par l'esprit et force la matière à s'oublier. J'avais évoqué tous les noms, remué tous les systèmes. Pythagore, Epicure, Kant, Spinosa, Bacon, Descartes. Je m'étais égaré dans ce dédale immense des subtilités de l'esprit et de l'ame. J'avais découvert des mondes inconnus et je voyais à l'horizon cet abîme, constant épouvantail de l'homme, l'Infini! Mon esprit était las, plus que las, accablé. Je restai quelques instants sans conscience du Moi, perdu dans une rêverie indéfinissable. Tout-à-coup, j'entendis frapper légèrement à ma porte.

— Qui va là? m'écriai-je.

— Moi, répondit un mince filet de voix criarde dont je n'avais entendu le timbre nulle part.

—Qui, vous? allais-je répliquer, quand apparut un tout petit homme, vêtu d'une longue houppelande noirâtre, rigoureusement boutonnée des pieds à la tête. Il avait un visage comme parcheminé, de petits yeux ronds, verts, brillant d'un feu sauvage. Il prit un fauteuil, s'allongea devant la cheminée, posa ses pieds tout crottés sur mes chenets, et de ses mains osseuses se frottant les fuseaux qui lui tenaient lieu de jambes : Eh! eh! mon cher, dit-il en ricanant, la bise est aigre, ce soir.

— Que voulez-vous? fis-je rudement, choqué du sans-façon de l'intrus.

— Rien que de bien simple, dit-il, me réchauffer un peu. Et voyant que je fronçais le sourcil : Je consens, de plus, ajouta-t-il. à faire votre connaissance.

— On ne peut plus aimable, en vérité, et je suis flatté de la concession, continuai-je ; mais voyons, dépêchons, que me voulez-vous?

—Bon! bon! dit l'homme à la houppelande, attendez un peu, que diable! nous avons le temps de causer; je ne suis pas pressé.

J'agitai à part moi cette question : sera-ce par la fenêtre ou la porte que je vais jeter cet étrange visiteur? Mais il était vieux, il avait froid, je rongeai mon frein et j'attendis.

— En vérité, reprit-il, vous êtes favorisé de la fortune; j'aurais pu rendre visite à tout autre, et c'est chez vous que je suis venu.

— Grand merci de la préférence, fis-je brutalement. Au fait, Monsieur, et pour la dernière fois, que me voulez-vous?

— Ce que je veux? vous lire un petit travail de ma composition sur la transmigration des ames.

—Ah ça! êtes-vous bien sûr d'être un homme? m'écriai-je en regardant machinalement ses pieds qui, je dois l'avouer, n'étaient point du tout fourchus.

— Oui, oui, trop sûr d'être l'animal d'OEdipe... J'ai marché sur quatre pattes, il y a longtemps, hélas! puis sur deux; et maintenant, ajouta-t-il en montrant sa canne d'un geste mélancolique, j'en suis à mes trois pattes; c'est le soir de ma vie. Vous avez le droit de m'appeler le docteur Bombasius.

Cet homme commençait à me faire peur, et, comme les enfants qui ne peuvent détacher leur regard d'un objet qui les effraie, je sentais, malgré ma répugnance instinctive, une attraction puissante qui arrêtait mes yeux sur les siens.

—Eh bien! docteur Bombasius, puisque vous avez élu domicile sur mon fauteuil, et qu'il faut absolument une victime au désir que vous avez de bavarder ce soir, vous croyez donc à la transmigration des ames?

— Si j'y crois? répliqua-t-il. Je crois à la transmigration de l'ame d'un corps dans un autre, comme à la transmission d'une ame dans une plante, dans un arbre.

— Il faut être fou pour ajouter foi à de pareilles niaiseries!

— Je ne suis pas un fou, encore moins un imposteur ou un charlatan, dit gravement le docteur.

—Là! là! ne nous fâchons pas, et puisqu'il est écrit que je ne puis y échapper, esquissez-moi, brièvement sur-tout, votre système.

Bombasius tira de sa poche un petit manuscrit tout sale et tout usé.

—Diable, docteur, fis-je en souriant, votre manuscrit doit être aussi bon que les harangues de Démosthènes; car, en vérité, lui aussi, il sent l'huile.

Le petit homme se contenta pour toute réponse de hausser les épaules. Tout est là, Monsieur, reprit-il, les assertions et les preuves, en un mot la vérité; et la vérité avec son sérieux traditionnel, se soucie fort peu des plaisanteries d'un bel esprit grognon et de mauvaise humeur. Sachez écouter en silence; montrez-vous digne du choix dont je vous honore à cette heure.

Je sentis à ce mot la colère me monter de nouveau au visage; mais il y avait en somme, dans cet assemblage sérieux et grotesque qui se chauffait et se prélassait à mon foyer, un je ne sais quoi de fascinateur. Je me contins. Victime résignée, j'écoutai la lecture d'un long factum tendant à prouver que la mort n'est qu'une transition par des métamorphoses successives dans la vie; qu'après nous être endormis au sein de la terre, nous revenons à la surface sous une forme nouvelle; que nos restes putréfiés donnent naissance à des insectes, à des végétaux, à des arbres et qu'enfin, après avoir épuisé la série des transformations indispensables, nous reprenons des formes humaines.

La lecture terminée, Bombasius s'arrêta un moment, engouffra solennellement une vaste prise de tabac dans ses narines impatientes; puis, fixant sur moi le regard satisfait d'un auteur qui vient de lire une œuvre favorite : Que pensez-vous de cela, dit-il?

— Je pense, répliquai-je, que vous avez pris plaisir à ressusciter des folies et des songes-creux. On dirait que vous ne voyez dans la créature de Dieu que de la terre et de la boue!

—Mais non ! reprit-il vivement, je ne vois pas que la matière. L'ame, je le sais et le proclame, est immortelle ; l'étincelle que Dieu a mise en elle est trop sublime pour qu'il lui permette de s'éteindre obscure et inféconde. L'ame est condamnée à subir de nombreuses transformations avant de voir disparaître la tache originelle, et suivant les mystères que je vous dévoile en ce livre, elle s'élève ou s'abaisse en récompense ou en expiation.

—Alors, selon vous, l'arbre orgueilleux de la forêt, l'humble bruyère des bois, la fleur des champs, l'herbe que foulent nos pieds, autant d'ames récompensées ou punies qui, dans l'attente, se repentent ou espèrent?

— Je l'affirme. Les prairies et les champs, les parcs et les jardins sont entièrement peuplés des ames de nos aïeux, ou plutôt ce sont nos aïeux eux-mêmes.

— Ainsi lorsque je cueille une rose...

— Vous cueillez une ame, ajouta Bombasius.

— Et quand je fais un bouquet de réséda, de violettes et de marguerites?

—Vous délivrez de la forme végétale, vous rendez à leur nature première quelques-unes de ces jolies femmes dont la beauté et les grâces sont devenues boutons et fleurs.

— Vous êtes galant, docteur.

— A d'autres, je n'ai pas le temps. Je suis philosophe, je vous l'ai déjà dit.

— Mais enfin, repris-je après un moment de silence, cette croyance est presque celle de Pythagore.

— Non pas absolument, ma doctrine est quelque peu différente; mais tout convaincu que je sois de la transmigration de l'ame dans les plantes, cela ne m'empêche pas de partager également les idées du philosophe de Samos.

—C'est-à-dire que vous croyez aussi qu'après la mort notre ame doit habiter un autre corps?

— Non-seulement après la mort, mais même pendant cette vie. L'ame du philosophe Hermotime se dégageait à volonté de l'enveloppe terrestre, voltigeait çà et là, errait d'espace en espace, et s'emparait sans distinction du premier corps qu'elle rencontrait.

— Ceci est par trop fort, m'écriai-je vivement; Hermotime était un imposteur, et vous, docteur... vous vous moquez de moi.

— Le diable m'en préserve, répliqua-t-il tranquillement; pour vous convaincre que la chose est possible, je suis tout disposé à vous fournir des preuves.

— Comment cela?

— C'est fort simple : voulez-vous changer de corps?

— Si je veux changer de corps? balbutiai-je en tremblant.

— N'ayez pas peur, continua-t-il en remarquant mon effroi, vous êtes libre d'accepter ou de refuser.

— En vérité, vous parlez avec tant d'sssurance que, malgré l'extravagance de vos paroles, je ne puis me défendre d'une certaine frayeur.

— Vous hésitez, mon offre ne vous convient pas : n'en parlons plus, ajouta-t-il. Et ce disant, il se leva et fit mine de s'en aller.

Cet homme est réellement fou, pensai-je en moi-même; mais curieux de voir jusqu'où sa folie pourrait aller, je le rappelai.

Le docteur Bombasius revint avec empressement se rasseoir, non plus près du feu, mais près de moi. Il semblait heureux et rayonnant; ses petits yeux resplendissaient comme des escarboucles.

— Enfin, murmura-t-il, vous consentez donc ?

— Oui, je me remets entre vos mains. Que faut-il faire ?

— Réciter d'abord le Mandiram.

— Le Mandiram ! qu'est-ce que le Mandiram ?

— Une prière que je vais vous enseigner et dont la vertu est de détacher peu à peu l'ame du corps.

Alors, presque à l'insu de ma volonté, j'obéis à l'ascendant du mystérieux inconnu. D'une voix basse et contenue, dans une langue étrangère, cet homme prononça quelques paroles que je dus répéter après lui. A mesure que je m'acquittais de cette tâche, je sentis quelque chose d'étrange envahir ma personne; j'éprouvai une sorte de malaise incompréhensible; et j'eus à peine achevé cette prière cabalistique, qu'un vide affreux sembla se faire en moi.

— Sera-ce bientôt fini ? demandai-je en tremblant.

— Oui, bientôt; mais avant d'aller plus loin, signez-moi ce papier.

— Pourquoi ?

— Pure formalité, dit-il ; lisez.

Je saisis l'écrit qu'il me présentait, et quelle ne fut pas mon horreur quand je lus ce qui suit :

« En récompense du service que me rend aujourd'hui le docteur Bombasius, je lui livre mon corps, je renonce à mon nom, et j'abandonne femme et enfants à qui héritera de mon corps. »

— Misérable ! m'écriai-je exaspéré : comment osez-vous espérer que je consente jamais à un pacte pareil ?

— Pas de colère et sur-tout pas d'injures, reprit l'abominable petit homme. Quoique notre traité ne soit pas entièrement scellé, j'ai maintenant sur vous tout pouvoir ; signez ici ou vous allez mourir.

— Mourir ! balbutiai-je avec effroi.

L'affreux vieillard fit un geste affirmatif.

— Jamais, non jamais je n'accepterai de telles conditions.

— Eh bien ! puisque vous préférez le néant à la vie, les ténèbres à la lumière, soyez satisfait.

En prononçant ces mots, le docteur s'approcha de mon fauteuil ; puis, tendant vers moi ses mains décharnées, il les tint fixées sur mon visage. Je me sentis maîtrisé par une puissance inconnue qui émanait de sa personne et à laquelle je ne pouvais me soustraire. Son regard, qui n'avait rien d'humain, me fascinait. J'essayai pendant quelques minutes de lutter ; mais en dépit de tous mes efforts, un poids énorme suspendu à mes paupières les fermait malgré moi. Une sueur d'agonie inonda bientôt mes membres glacés. Ma tête s'égara, mes yeux s'injectèrent et virent des lueurs bleuâtres. De sinistres tocsins ébranlèrent mes oreilles. C'était presque le glas de la mort ! J'assistais, vivant encore, à mes funérailles. Je vis distinctement mon cerceuil, puis les porteurs et leur funèbre manteau de bure. Venait ensuite le sombre cortége qui accompagnait mes restes mortels. Cette lugubre procession s'arrêta au milieu d'un bois de cyprès. J'eus une peur suprême. Il ne me restait plus qu'un souffle !

— Arrête, m'écriai-je, arrête Satan, je vais signer.

— Il était temps ! murmura le docteur dont les yeux brillaient d'un feu sauvage : et il me présenta le papier sur lequel je laissai tomber ma signature.

— Et maintenant, mon cher, continua-t-il, changeons de corps. A vous les trois pattes dont nous parlions tout-à-l'heure; à moi vos jeunes années; à vous mon passé, à moi votre avenir!

— Que dites-vous là, abominable créature!

— Je dis que vous allez devenir *moi* et que je vais être *vous!*

— Vous êtes donc le démon? vociférai-je en cherchant à m'échapper.

— Halte là, s'écria Bombasius me retenant par l'épaule et me poussant violemment dans un fauteuil; on ne s'en va pas ainsi. Voyons, calmez-vous, et sur-tout ne bougez plus, vous feriez manquer l'expérience.

La frayeur me cloua immobile et muet sur mon siége. Bombasius disparut sans qu'il me fût possible de me rendre compte de sa disparition. Je crus qu'avec lui, j'apercevais comme ma propre image s'évanouir. Ce que je sentis à ce moment en moi-même, je ne saurais l'exprimer. Ce fut une sorte d'ébranlement électrique qui secoua fortement chaque atôme de mon être. Est-ce là ce qu'éprouve la chrysalide qui devient papillon? Est-ce là ce qu'éprouvaient les victimes mythologiques changées en arbre, en cerf, en araignée? Je l'ignore; et, encore une fois, je ne saurais l'exprimer. Toujours est-il que la crise fut si forte, que je tombai sans mouvement sur le sol.

Quand je revins à moi, je ne souffrais plus. J'éprouvais néanmoins une sensation assez bizarre. Il me sembla que j'avais considérablement vieilli, et que mon corps se courbait sous le poids des années. Me croyant sous l'empire d'une hallucination, je voulus sortir dans la rue: mais, à mon grand étonnement, je ne pus découvrir la porte. Je regardai autour de moi et j'acquis instantanément la certitude que je n'étais plus dans ma demeure. La chambre où je me trouvais, je ne sais comment, était pauvre et misérable. Trois chaises de paille, un vieux poêle en faïence, un escabeau boiteux, une table estropiée; tel était l'ameublement. Du reste l'air n'y manquait pas; sa fenêtre était veuve de quatre ou cinq carreaux. Le plancher était littéralement couvert de papiers brûlés, de sales chiffons, et de quelques bouquins en mauvais état. Je me promenai de long en large dans cet affreux taudis, cherchant à me rendre compte du lieu où j'étais, lorsque mon attention fut subitement attirée par un bruit singulier provenant d'une pièce voisine. Je me dirigeai de ce côté, j'ouvris une petite porte, et tout aussitôt j'eus les nerfs ébranlés, les oreilles assourdies de sons étranges et de cris discordants. La salle dans laquelle je venais d'entrer n'était qu'une immense ménagerie peuplée d'animaux de tous genres. Des cages pleines d'oiseaux étaient suspendues au plafond. D'autres renfermant des reptiles garnissaient les murailles. Enfin sur le sol encombré de plats et d'assiettes, je remarquai une quantité innombrable de petites souris grises et blanches, apprivoisées sans doute, car, en dépit de tous mes efforts, elles s'approchèrent de moi, grimpèrent sur mes jambes, assiégèrent ma personne, et pénétrèrent dans les plis et les poches de mon énorme houppelande. Ainsi livré à la merci de ce peuple souriquois, j'essayai de le mettre en fuite en poussant des cris aigus. Mais ce moyen eut un résultat bien différent de celui que je m'étais proposé. Mes gémissements ne firent, en effet, qu'éveiller ceux des autres animaux qui jusqu'alors étaient restés tranquilles. Les perroquets se mirent à jaser, les pies à jacasser, les corbeaux à croasser, les serpents à siffler, les chats à miauler, les chiens à aboyer. Bref, j'assistai à un infernal concert! Qu'allais-je devenir, moi nouveau Noé, dans cette arche nouvelle? J'aperçus tout-à-coup, fixée à la muraille, une clochette d'argent, seul luxe de la maison. Une idée lumineuse traversa mon esprit. J'agitai précipitamment cette cloche au timbre éclatant. Un profond silence se rétablit soudain dans la ménagerie, et la gent trotte-menu s'empressant de quitter mes vêtements, disparut, à ma grande satisfaction, dans une trappe pratiquée à l'un des coins de la chambre.

J'éprouvai alors un grand soulagement, et j'allais me retirer quand, en me retournant, je vis très distinctement, à quelques pas de moi, une ombre qui semblait suivre et répéter tous mes mouvements. C'était le docteur, l'infernal Bombasius! Enfin je savourais le plaisir anticipé de la vengeance! J'allais donc faire expier à l'infâme mes souffrances et mes tortures. Oui, c'était bien ses yeux, sa face de parchemin, sa houppelande étroitement boutonnée, son bâton. C'était enfin le docteur Bombasius tout entier que le ciel, en sa miséricorde, voulait bien m'envoyer! Je fis trois pas vers lui, m'attendant à le foudroyer de ma présence; il fit trois pas vers moi. Je levai un bâton venu je ne sais comment sous ma main; il osa lever aussi le sien. Je fis le simulacre de frapper, et le misérable eut l'audace de me menacer d'un même coup. Je frappai sans pitié....... Horreur! horreur! sous mon bâton une glace se brisa....... Ce Bombasius que j'avais vu....... c'était *moi!* Ce Bombasius que je voulais broyer, c'était *moi!* Ce Bombasius enfin, ce monstre, ce démon, ce Satan..... c'était *moi*, toujours *moi!* Je poussai un hurlement d'angoisse. Je me tâtai précipitamment des pieds à la tête, et je vis que j'avais changé de corps! Je sentais, il est vrai, mon cœur battre à rompre plus que la poitrine d'un vieillard; mais, à part le cœur et le cerveau, j'étais bien réellement devenu cette horrible et fantastique apparition qui, tout à l'heure, m'avait volé mon feu, mon repos, et maintenant, sans aucun doute, me volait ma jeunesse et mon corps!......

Ici, Max s'arrêta, comme haletant sous le poids de ce souvenir. Son front perlait de gouttes de sueur. Il resta quelques instants sans parler.

— Eh bien! affreux docteur, s'écria l'un des convives, dépêchez-vous donc de redevenir Max le bien-aimé.

— Je suis à vous, Messieurs. C'est qu'en vérité c'était horrible, et je voudrais bien y voir le plus calme et le plus courageux d'entre vous. Vous m'avez bien compris, n'est-ce pas? Je restais *moi* par le cœur et l'intelligence, et j'étais *lui* par le corps!..... Et ma femme, et mes pauvres enfants, bon Dieu! qu'allaient-ils devenir à leur tour? Comme si cette pensée eût évoqué une nouvelle apparition, une effroyable vieille édentée, bossue et ridée comme la surface d'un lac que bouleverse le vent, se présenta soudain devant moi. Enfin, pensai-je, voici quelqu'un! et je me précipitai en avant.

— Brave femme, m'écriai-je, pourriez-vous m'apprendre où je suis?

— Certes, brave homme, répondit-elle en riant, vous êtes chez vous!

— Comment, chez moi?

— Mon pauvre Bombasius, qu'as-tu donc aujourd'hui reprit la vieille. Ne reconnais-tu plus ta pauvre femme qu s'inquiétait déjà de ton absence ?

En parlant ainsi, l'affreuse duègne se jette à mon co pour m'embrasser; je compris plus que jamais l'horreur d ma situation, et, me dégageant subitement de son étreinte

— Taisez-vous, lui dis-je, misérable créature, je ne vou connais point!

— Il ne me connaît point! ajouta-t-elle avec un redouble ment de tendresse, le pauvre homme a donc perdu la tête

— Pas un mot de plus, m'écriai-je en la saisissant vio lemment par le bras; faites-moi grâce de vos jérémiades, e dites-moi sur-le-champ l'endroit et la rue où se trouve situé cette maison ?

— Bombasius, mon ami, reviens à toi, reprit-elle en dépi de mon injonction; tu sais bien que nous sommes ici à Paris rue des Rats.

— C'est bon, fis-je en lâchant le bras de l'horrible sor cière. Et je m'élançai dehors avec emportement. Je volais Ce devait être la première fois que le corps du docteur Bom basius marchait de ce train-là. De la rue des Rats à la ru Violet, où je demeurais à cette époque, le chemin est long c'est aller en effet d'une extrémité de Paris à l'autre. Mai je ne calculai pas la distance; je ne songeai pas à la fatigue Malgré les soixante et quelques années de l'abominable doc teur, j'arpentai les rues avec la vitesse d'un chat de gout tière. Après une course non interrompue de plus d'un heure, j'arrivai enfin devant ma maison, tout haletant et e sueur, l'œil fiévreux et hagard, la lèvre pendante et les che veux en désordre. Il était tard. La porte était fermée. J frappai à coups redoublés. Mon domestique vint ouvrir.

— Ma femme, demandai-je, où est-elle ?

Le drôle se mit à rire.

— Veux-tu bien me répondre ? ajoutai-je en le saisissant vigoureusement au collet.

— Votre femme, reprit-il en se dégageant et en riant à cœur joie, vous la trouverez probablement à Charenton, où vous devriez être à cette heure.

— Malheureux ! tu ne reconnais donc point ton maître ?

— Je n'ai jamais servi de fous, répondit-il tranquillement; et, ce disant, il fit mine de me fermer la porte au nez.

— Misérable valet ! m'écriai-je; et, l'écartant violemment, je m'élançai dans l'escalier. Je traversai plusieurs pièces sans lumière, et, parvenu à la chambre de ma femme, je m'arrêtai un instant pour reprendre haleine. Puis, posant une main tremblante sur la clef, je la fis tourner dans la serrure et j'entrai précipitamment. Ma femme n'était point là ! Mais, spectacle étrange et horrible, j'aperçus le docteur Bombasius, ou plutôt je m'aperçus moi-même confortablement assis au coin de la cheminée. Je demeurai un instant pétrifié de surprise et de terreur. La voix me manqua, je ne pus articuler une seule parole. Rassemblant enfin tout ce qui me restait de force et d'énergie, je projetai sur l'indigne habitant de mon corps un regard de flamme; puis, la rage dans le cœur et le désespoir dans l'ame, les bras tendus et l'œil en feu, je franchis d'un seul bond l'intervalle qui me séparait de lui. Je me précipitai sur sa personne, et une lutte terrible s'établit entre nous; lutte bizarre, durant laquelle je sentais moi-même les coups que je portais à mon adversaire, et souffrais également des blessures que je faisais et de celles que je recevais. Ce combat durait depuis quelques minutes quand une violente secousse bouleversa la chambre tout entière et me renversa brutalement sur le plancher.

Ici Max s'arrêta de nouveau.

— Eh bien ! demandèrent les convives.

— Eh bien ! reprit Max, j'étais par terre, et..... je me réveillai !

— Tu dormais donc, mauvais plaisant, dit l'un des auditeurs.

— Ma foi oui. Je croyais vous l'avoir dit en commençant. La philosophie m'avait endormi, et les émotions du cauchemar m'avaient doucement fait glisser de mon fauteuil sur le parquet.

— Peste de l'aventure, qui n'a rien de trop gai après souper! murmura l'un des convives; mais ton histoire me paraît sans morale.

— Erreur, mes amis, la morale en est claire. C'est que .... je supporte mieux le vin que la philosophie! Et pour ce qui vous concerne, je vous engage à supporter mieux la philosophie que le vin, si vous voulez éviter *un mauvais Quart-d'Heure!*

North Peat.

Versailles, Imprimerie de *Montalant-Bougleux.*

Versailles. — Imp. de Montalant Bougleux.

www.ingramcontent.com/pod-product-compliance
Lightning Source LLC
LaVergne TN
LVHW050229180726
843501LV00013BA/3374

* 9 7 8 2 3 2 9 6 2 3 5 1 1 *